CHANSONS

ET

POÉSIES DIVERSES

par

CHARLES CHRÉTIEN

LILLE

IMPRIMERIE DE SIX-HOREMANS, LIBRAIRE ET LITHOGRAPHE

1869

CHANSONS

ET

POÉSIES DIVERSES

CHANSONS

ET

POÉSIES DIVERSES

par

CHARLES CHRÉTIEN

~~~

LILLE

TYPOGRAPHIE DE SIX-HOREMANS, LIBRAIRE-ÉDITEUR

1869

MON HOMMAGE

A LA SECTION DE LA BARRE

MON LIEU NATAL

A toi mon faible hommage, agréable séjour,
Où ma timide enfance a vu son premier jour,
A ton sol productif, à ton champêtre ombrage,
Qui des tendres oiseaux excitant le ramage,
Leur offrent des jardins tout émaillés de fleurs,
Et l'air pur embaumé d'enivrantes senteurs;
A tes vivants canaux, aux limpides rivières,
Où, maints couples heureux, sur des barques légères,
Abandonnant la rame, aidés d'un faible vent,
Sont conduits par l'amour et voyagent gaîment
Vers un charmant baignoir, dont l'onde généreuse,
Offre, dans nos beaux jours, sa fraîcheur précieuse,
Au public empressé, de trouver à la fois,
La santé, le bien-être et des jeux à son choix.
Là, cédant sans obstacle à de libres désirs,
Chacun peut à son gré prendre part aux plaisirs,
Disant : Vive à jamais ce lieu charmant et rare
Que l'on nomme, aujourd'hui, section de la Barre.

AVANT-PROPOS

OU L'IDÉE POÉTIQUE DE MA PREMIÈRE CHANSON.

Dans le précieux temps de mes rares loisirs,
Admirant l'art des vers et les calmes plaisirs,
Comment, me dis-je un jour, en mon savoir infime,
Pourrais-je réunir, et le sens, et la rime,
Suis-je né possédant un peu du feu sacré
Qui règle chez l'auteur du talent le degré,
O non ! mais cependant, ma verve peu discrète
Me dit, de commencer par une chansonnette,
Mon embarras fut grand, et pourtant j'écrivis,
Quelques joyeux couplets pour un repas d'amis,
Où chacun de chanter, n'aurait pu se défendre,
Et, c'est là qu'à mon tour je dus me faire entendre.
Aussitôt on cria bravo, gloire à l'auteur,
C'était encourageant, mais ! c'était trop d'honneur,
Car ma faible chanson, pour cette circonstance,
N'était que le produit d'une maigre science,
Satisfait néanmoins de ma production,
Parfois j'écris encore, et ma prétention
Ne vise qu'au bonheur d'une gaîté sincère,
Que l'on trouve entre amis, d'un joyeux caractère,
Car le temps passe vite, aux dépens de nos jours,
Et fait à chaque instant des adieux pour toujours.

Chanson faite pour une Cavalcade à Wazemmes

REFRAIN.

Donnez, donnez, pour vous on priera,
Donnez aux quêteurs, Dieu vous le rendra.

PREMIER COUPLET.

Approchez-vous, cœurs aimables,
Pour les pauvres nous quêtons,
Soyez toujours charitables,
Dieu vous fera d'autres dons.

DEUXIÈME COUPLET.

Que ce grand jour vous honore,
Riches aux soins généreux,
Donnez, redonnez encore,
Au profit des malheureux.

TROISIÈME COUPLET.

Si l'artisan catholique
Comprend la fraternité,
Sa dame peut sans critique,
Céder à l'humanité.

QUATRIÈME COUPLET.

Fillettes dont l'âme espère
De nombreux admirateurs,
Vous obtiendrez l'art de plaire,
Si vous donnez aux quêteurs.

CINQUIÈME COUPLET.

Et vous, femmes ravissantes,
Objets de tendres discours,
Oh ! soyez compâtissantes,
Aux pauvres donnez toujours.

SIXIÈME COUPLET.

En certaine conjecture,
Mari parfois trop jaloux,
Craignez-vous quelque aventure,
Donnez, nous prierons pour vous.

CHANSON POUR UNE NOCE

REFRAIN.

Gai, gai, mes bons amis,
  Fêtons la noce,
Et roulons en carrosse,
Gai, gai, mes bons amis,
Que la gaîté nous trouve réunis.

PREMIER COUPLET.

Léon de ta noce,
Ha ! si le carrosse,
En roulant produit
Un agréable bruit.
Anime ta dame,
Afin que son âme,
Éprise d'amour,
Puisse dire à son tour.

DEUXIÈME COUPLET.

Couple dont j'admire
Le brûlant délire,
Tout dit en vos yeux
Que vous serez heureux,

L'amour vous excite,
Votre âme séduite.
Médite en ce cas,
Un jeu qu'on ne dit pas.

TROISIÈME COUPLET.

Un mari fort sage,
Heureux en ménage,
Désire souvent
Un grâcieux enfant,
Doux comme sa mère,
Gai comme son père,
Afin qu'en luron,
Il dise sans façon.

QUATRIÈME COUPLET.

Pour nous quelle fête,
Quand de la couchette,
Un jour sortira
Le poupon qui criera,
D'une joie extrême.
A table au baptême,
Avec le parrain,
Nous dirons un refrain.

LE RIBOTTEUR

Air du *Grand Thomas le Marchand de tisane.*

PREMIER COUPLET.

Moi qu' aime à m' trouver en ribotte,
Faut que j' vous parle en vrai gaillard,
Du cabaret où je m' culotte,
Quand je m' trouve avec un soulard.
Buvant jusqu'à perdre la tête,
Et trouvant là le vrai bonheur,
Chaqu' jour je m' signale en goguette,
Comme ribotteur, comme ribotteur.   *(bis).*

DEUXIÈME COUPLET.

Quand j' n'ai pas l' sou, faut que j' travaille,
Ça n'empêche pas les sentiments,
Mais! lorsque je m' trouve en ripaille,
Sachez que j' ratrapp' bien mon temps.
M' façonnant, m' coiffant à la crâne,
Les plus grands verr' ne m' font pas peur,
Et l'on m' voit briller sans chicane,
Quoiqu' ribotteur, quoiqu' ribotteur.   *(bis).*

TROISIÈME COUPLET.

Parfois sans égard au dimanche,
Je n'endoss' qu'un médiocre habit,
Et j'étends l' col de ma ch' mis' blanche,
Comm' les aîles d'un Saint-Esprit.
Mon air flanbart quand je déclame,
Me fait captiver plus d'un cœur,
Aussi ! partout l'on me réclame,
Quoiqu' ribotteur, quoiqu' ribotteur.   *(bis)*.

QUATRIÈME COUPLET.

Dam faut m' voir prom'ner dans la ville,
Quand j' suis cossument arrangé,
A tout autre il s'rait difficile,
D'avoir un genre aussi aisé.
J' mets ma cravate à l'incroyable,
Mon menton y log' sans douleur,
Et j' possède un air respectable,
Quoiqu' ribotteur, quoiqu' ribotteur.   *(bis)*.

CINQUIÈME COUPLET.

De c' mond' puisqu'il faut qu' chacun file,
Et qu' la Parqu' n'entend pas raison,
Je n' veux pas me fair' de la bile,
Ni craindre la barque à Caron.
Profiter sans inquiétude,
Vivre avec de joyeux noceurs,
C'est, j' crois, la meilleure habitude,
Des ribotteurs, des ribotteurs.   *(bis)*.

CIRCONSTANCE

Air : *Il était un petit homme.*

PREMIER COUPLET.

Chez mon oncle Hippolyte,
Nous voilà réunis,
   Mes amis,
Que chacun en profite,
En joignant au bouquet
   Un couplet,
Alors le caquet,
  Par son vin clairet,
Ne nous manquera pas,
Pour la Saint-Nicolas.   *(bis)*.

DEUXIÈME COUPLET.

Mon oncle n'est point chiche,
De son vin capiteux,
   C'est heureux,
Mais il veut qu'on déniche,
Bien plus d'une chanson
   De bon ton,
Et dans son salon,
  Faisons carillon,
Le vin est en gros tas,
Pour la Saint-Nicolas.   *(bis)*.

LE GARDE NATIONAL MALHEUREUX

PREMIER COUPLET.

Je n' comprends pas c' qu'on tribouille à Wazemmes,
Mais ! dans l' gâchis au milieu des branl'bas,
Nos francs pompiers, et nos canonniers mêmes,
Tous sont heureux, on ne l'ignore pas.
J'ai beau leur dire offrez-moi donc un grade,
Les fins lurons mettent la main sur tout,
Je n' puis pas même obtenir la grenade,   *(bis)*.
Non! je n' suis rien du tout, non je n' suis rien du tout. *(bis)*.

DEUXIÈME COUPLET.

J'ai su prouver par ma persévérance,
Que pour les miens j' pouvais être un bon choix,
Hé bien, corbleu, ma noble intelligence
Est méconnue, ainsi que mes exploits.
Le croirait-on, le diable encore m'entraîne,
J'veux cabaler, mais ! j'vois bien qu'après tout,
J'aurai du mal, d'être un jour capitaine,   *(bis)*.
Car je n' suis rien du tout, car je n' suis rien du tout. *(bis)*.

TROISIÈME COUPLET.

C'est maronnant mais puisqu'il faut qu' j'attende,
Qu'aux voltigeurs il manque un caporal,
Oh ! je préfère avant d'offrir ma d'mande,
Attendre encore après le garde à cheval.

2

Ou bien cré nom ! si l'on n' fait pas d' réforme,
Et qu' mon attente est enfin mise à bout,
Je n' me f'rai pas fabriquer d'uniforme,   *(bis)*.
Car je n' suis rien du tout, car je n' suis rien du tout.*(bis)*.

QUATRIÈME COUPLET.

N' importe, hélas ! où mon regard s'arrête,
J' vois mes amis arriver au pouvoir,
C'est bien pourquoi fort souvent j' leur répète,
Qu'ils m'ont floué jusqu'au dernier espoir.
J'eus cependant fait un bon mandataire,
Et pour nos droits j'eus pénétré partout,
Mais, c'en est fait, non ! je n' s'rai jamais maire, *(bis)*.
Car je n' suis rien du tout, car je n' suis rien du tout.*(bis)*.

CHANSON POUR UNE NOCE

REFRAIN.

Profitons de la noce,
Et, fêtons les amours,
En roulant notre bosse,
Buvons, chantons toujours.

PREMIER COUPLET.

Puisque chacun m'engage,
A chanter aujourd'hui,
J'ai pour le mariage,
Les couplets que voici.   *(bis).*

DEUXIÈME COUPLET.

Approuvons en goguette,
Le bonheur des époux,
Ce qu'ils font en cachette,
En disant comme nous.   *(bis).*

TROISIÈME COUPLET.

De notre premier père,
Suivons l'heureux penchant,
Puisqu'à sa ménagère,
Il chantait fort souvent.   *(bis).*

QUATRIÈME COUPLET.

Heureux d'un doux présage,
Près de tendres appas,
Le Dieu d'amour m'engage,
A chanter en ce cas.   *(bis)*.

CINQUIÈME COUPLET.

Pour bien chérir la vie,
Et n'être point jaloux,
Il faut à son amie,
Redire en bon époux.   *(bis)*.

SIXIÈME COUPLET.

Ayons dans la vieillesse,
Recours au jus divin,
Qui chasse la tristesse,
Et nous met tous en train.   *(bis)*.

CIRCONSTANCE

Air : *Dans un grenier qu'on est bien à vingt ans.*

Je vais partir, heureux d'un doux présage,
Qui me promet un bonheur infini,
Mes chers parents, ce n'est point un voyage
Où je serai privé de votre appui.
Oh ! oui ! je pars guidé par l'espérance
De vous revoir satisfaits et joyeux,
En vous disant, plus de correspondance,
Mes chers parents, oubliez mes adieux.

DEUXIÈME COUPLET.

Moi ! végéter, serait une faiblesse,
Non ! j'aime trop ma femme et mon enfant,
Je ne veux point, oubliant ma jeunesse,
Dans mon pays rester en languissant.
Je pars enfin, et loin de notre ville,
Par mes talents, je serai plus heureux ;
Malgré cela j'aimerai toujours Lille,
J'y reviendrai, recevez mes adieux.

TROISIÈME COUPLET.

Il faut chercher le bonheur dans la vie,
Quand loin de nous il semble s'en aller,
Et l'enchaîner avec son industrie,
Lorsqu'on ne peut autrement le fixer.
Vous me verrez avec ma ménagère,
Riches du gain, d'un travail glorieux,
Et mon garçon vous dira, je l'espère,
Très-chers parents, oubliez nos adieux.

LES RIGOLEUX

CHANSON PATOISE

Air : *Du café ch'est la mode des Lilloises.*

REFRAIN.

Rigoleux bon vivants,
Riez de tous les cancans,
Avec nous venez tous,
Fair' maronner des jaloux.

PREMIER COUPLET.

Il faut qu'on se déguise,
Pour faire eul *Rétaré,*
Mais inn' faut point qu'on s' grise,
Quand on a rigolé.
Puisque tous les fillettes,
Sont pour tous les garchons,
Inn' faut point dins nos fiettes,
Rester là comm' des m'lons.

DEUXIÈME COUPLET.

A ch' teur quand on rigole,
Tous chés méchantes gins,
S'met à dir que ché drôle,
Tous chés nouviaux maintiens.

Et si eun' fille s' donne,
Un p'tit air de cancan,
Jamais on n' li pardonne,
Eul monde est si méchant.

TROISIÈME COUPLET.

Quand eun' fille a la chance,
D'avoir un amoureux,
Chel qui est in souffrance,
Va blaguer tout au mieux.
Ell' ne s'rot point si brève,
Près d'un blond ou d'un brun,
Et comme Adam et Eve,
Ell' ming'rot bien un pun.

QUATRIÈME COUPLET.

D'un' humeur bien facile,
Compernez donc tous cha,
Ne fait' point l' difficile,
Prenez chin qui viendra,
Car si la guerre arrive,
On nous prindra tertous,
Sans homme on n'peut point vive,
Jeun' fill' mariez vous.

CINQUIÈME COUPLET.

Soyons meilleurs apôtres,
Et surtout n' blaguons pu,

Sur les uns sur les autres,
Cha paraît sauguernu.
Car si on vodro rire,
Din gramin d'intretiens,
Y n' iaro bien à dire,
Su l' compt' de bien des gins.

SIXIÈME COUPLET.

Tous l'z-ans aux mêm' z-époques,
On aime à composer,
Des couplets fort baroques,
Afin de s' déguiser.
Mais ! chin qui m' fait d'eul peine,
Ch'est quand j' vos qu'un auteur,
S' met l'esprit à la gêne,
Et n' se fait point d'honneur.

LE VIEUX GARÇON

Air : *Dans un grenier qu'on est bien à vingt ans.*

, PREMIER COUPLET.

Un vieux garçon voulant une servante,
Reçut chez lui la vieille Louison,
Et lui parlant d'une voix séduisante,
Il la fixa d'une tendre façon.
Viens, lui dit-il, admirer ta chambrette,
Mon cœur se trouble en voyant tes beaux yeux,
Mes cheveux roux, s'agitent sur ma tête,
O viens ! j'aspire au bonheur d'être deux.

DEUXIÈME COUPLET.

Charmant Louis, dit-elle en son ivresse,
Je te comprends et ne songe qu'à toi,
Mais si tu veux que j'ai de la tendresse,
Sois généreux et surtout chéris-moi.
Je puis vanter mon heureux savoir faire,
Même, en servant un garçon déjà vieux,
Ainsi ! je veux t'obéir et te plaire,
En éprouvant le bonheur d'être deux.

TROISIÈME COUPLET.

Depuis ce temps, ces vieilles créatures,
Croyant trouver un amour rajeuni,
Auraient donné, tout ! jusqu'à leur coiffure,
Pour profiter d'un plaisir interdit.

Hélas ! mon Dieu, quand l'ardeur nous délaisse,
Au feu divin chacun fait ses adieux,
Louis, pourtant, charme encore sa vieillesse,
En éprouvant le bonheur d'être deux.

QUATRIÈME COUPLET.

Qui le croirait la discorde cruelle,
Du bon vieillard a troublé la maison,
La vieille crie et, son âme infidèle,
Fait que le vieux doit porter le jupon.
Bien que par elle il est trompé sans cesse,
Sur ses défauts il sait fermer les yeux,
Et fort content d'une fausse caresse,
Il goûte encore le bonheur d'être deux.

REPAS DONNÉ PAR UN AMI

CHANSON PATOISE

Air : *Ah ! qu'ils sont beaux, ah ! qu'ils sont frais.*

PREMIER COUPLET

Un d' mes amis m' dijot bientôt te viendra,
De m' mason te connot l'usage,
A m' fille y va mieux et, quand ell' se r'lev'ra,
J' frais vir que j' sais faire l' ménage.
J' turai min co et mes poulets
Din l'espoir de faire un des plus biaux banquets,
On boira chacun sin flacon,
Te sais qu'on vit bien à m' mason.

DEUXIÈME COUPLET

A table bientôt, réunis din ch' grand jour,
On s' presse, à donner des serviettes,
Et pour les servir, in suivant tour à tour,
On n' faijeot q' passer les assiettes.
Là comme in n' manquot point d' boissons,
Et qu'on allot boir du vin din des canons,
Je m' dis si l'on verse tout plain,
Ils s' ront tertous gris à la fin.

TROISIÈME COUPLET.

On bot du café , et même un' goute après ,
Ch'est toudis comm' cha qu' cha s' termine ,
Et comme y étott' passabelmint croqués ,
On l' véot bien sur chaque mine.
Vraimint, non, j' n'ai jamais tant ris,
Que d' vir les amours d'un d' mes meilleurs amis.
I faijeot d' sin mieux pour bien plaire,
In pochant les g'noux d'un' n' grad'mère.

QUATRIÈME COUPLET

Tout contint je m' lève et j' li dis : allons, bon,
Arrive et surtout n' fait point l' bête ,
Te porrot quéqu' fos l'y faire un gros garchon,
Chel' grad'mère est un' n' femme honnète.
Y m' répond là-d'sus sos tranquille,
Cha s'ra un garchon ou bien eune pétite fille,
Et si l' mariag' eum plaît aussi ,
Nous r'queminch'rons comme aujord'hui.

CHANSON DE CIRCONSTANCE

La septième Compagnie de la Garde Nationale de Wazemmes
aux Artilleurs de la même ville.

~~~

PREMIER COUPLET.

Francs artilleurs que Wazemmes vit naître,
Votre naissance a flatté notre espoir,
Car aussitôt nous vous vîmes paraître,
Fiers, animés par un noble devoir.
Cherchant la gloire ainsi que l'allégresse,
Chez nos voisins, en joyeux visiteurs,
Vos coups, guidés par votre heureuse adresse,
Ont fait chanter : vivent nos artilleurs.

DEUXIÈME COUPLET.

La douce paix retient votre vaillance,
Vos libres chants s'élèvent vers les cieux,
Mais ! s'il fallait combattre pour la France,
O ! vous seriez partout victorieux.

Oui ! l'étranger redoutant votre audace,
Doit craindre encor de bien justes rigueurs,
Qu'enfin son nom près du nôtre s'efface,
Chantons, chantons : vivent nos artilleurs,

TROISIÈME COUPLET.

Joyeux amis, vos airs patriotiques,
Ont jusqu'à nous retenti maintes fois,
Pour établir nos rapports sympathiques,
A vos accords nous mêlons notre voix.
Qu'au seul aspect de vos nobles emblêmes,
Un digne élan règne dans tous les cœurs,
Et qu'il soit dit en renommant Wazemmes,
Chantons, chantons : vivent nos artilleurs.

LA SAINT-MARTIN

CHANSON DE CIRCONSTANCE

Air : *il était un petit homme.*

PREMIER COUPLET

Pour célébrer la fête,
Permettez quelques mots,
  A propos,
Et que chacun répète,
Couplets délicieux.
  Et joyeux,
Afin que toujours,
Le Dieu des amours,
Soit un heureux voisin
De notre Saint-Martin.

DEUXIÈME COUPLET

Trinquons tous à la ronde,
Soyons de gais lurons
  Et chantons,
Que le bon vin abonde,
Que le bruit des bouchons,
  Des flacons,

2

Soit un heureux cas,
Dont les résultats,
Animent le festin,
De notre Saint-Martin.

TROISIÈME COUPLET

La danse qui doit suivre,
Viendra doubler soudain,
Notre entrain,
Si l'amour nous enivre,
Près de tendres appas,
Parlons bas,
Craignons d'un époux
Les soupçons jaloux,
S'il naissait un matin
Un petit saint Martin.

QUATRIÈME COUPLET

Un tel sujet m'arrête,
Sagement j'ai compris,
Mes amis,
Que je suis en goguette,
Qu'il fera chaud ce soir,
Et d'espoir,
Je suis agité,
Je me sens troublé,
J'ai déjà trop, enfin,
Fêté la Saint-Martin.

UN MARI S'ADRESSANT AUX GARÇONS

(A-PROPOS)

PREMIER COUPLET.

En franc mari, je vous déclare,
Qu'une coiffure fort bizarre,
Fit souvent dresser les cheveux,
Sur le front de maint amoureux.　　*(bis).*
Car j'ai fait, la chose est certaine,
A leur dépens quelque fredaine,
Et j'aime à prouver en chanson
Que je plains les pauvres garçons.　　*(bis).*

DEUXIÈME COUPLET.

L'époux heureux dans son ménage,
Chérit sa femme et, je le gage,
Ne songe point à l'accident,
Que produit l'amour inconstant.　　*(bis).*
Le garçon ne vous en déplaise,
Parfois pris d'un triste malaise,
Redit avec justes raisons,
Que je plains les pauvres garçons.　　*(bis).*

TROISIÈME COUPLET.

Joyeux aimés de leur famille,
Chez les maris, la gaîté brille,
Et près du foyer réunis,
Leurs enfants sont de vrais amis.　　*(bis).*
Tandis qu'en leur indifférence,
Les garçons manquant de prudence,
N'ont que d'infidèles tendrons,
Que je plains les pauvres garçons.　　*(bis).*

QUATRIÈME COUPLET.

Enfin pour calmer votre flamme,
Garçons, prenez donc une femme,
Et s'il survient un rejeton,
Moquez-vous du qu'en dira t'on.　　*(bis).*
Acceptons ce que Dieu nous donne,
Car en vain toujours on raisonne,
Puis ensemble nous chanterons,
Que je plains les pauvres garçons.　　*(bis).*

COUPLETS POUR LA SAINTE-CATHERINE

~~~~~~~~~

REFRAIN :

Soyons heureux,
Soyons joyeux,
Formons en chœur un chant harmonieux,
Que nos discours
Charment toujours
Le tendre objet de nos amours.

PREMIER COUPLET.

L'automne offre des fleurs nouvelles
Aux amours, aux amants fidèles,
Viens ! patronne des demoiselles,
Inspirer de tendres discours.

DEUXIÈME COUPLET

A la beauté rendant hommage,
Profitons d'un heureux présage,
Cupidon saura, je le gage,
Protéger nos jeunes amours.

TROISIÈME COUPLET.

Oh ! combien tu nous intéresses ,
Sexe aimable plein de tendresse ,
Accueille timide caresse ,
Du bonheur prolonge le cours.

QUATRIÈME COUPLET

Entends nos doux chants d'espérance ,
Sainte aimable dont l'influence
Peut unir amour et constance ,
En toi nous avons un recours.

SÉPARATION

DE LA

SECTION DE LA BARRE D'AVEC WAZEMMES

(ESPOIR DÉÇU).

PREMIER COUPLET

Noble Vauban viens célébrer la gloire,
En nos beaux lieux où brille la gaîté,
Viens profiter d'un grand jour de victoire,
Nos cœurs heureux chantent la liberté.
Rompant le joug imposé par Wazemmes,
La Barre épris d'un glorieux élan,
A fait graver sur de nouveaux emblêmes :
Honneur, honneur aux soutiens de Vauban. *(bis)*.

DEUXIÈME COUPLET

Honneur, honneur à nos bons mandataires,
A leur courage, à leur juste équité,
Pour seconder leurs efforts salutaires,
Ayons à cœur notre prospérité.
Si parmi nous un ami peu traitable,
Pour déserter est sorti de son rang,
Qu'il se rallie à ce cri mémorable,
Honneur, honneur aux soutiens de Vauban. *(bis)*.

TROISIÈME COUPLET

Pour arrêter une lutte importune,
On vit la Barre ainsi que les Moulins, (1)
Par le progrès s'ériger en commune,
Et s'affranchir de leurs puissants voisins ;
Mieux qu'autrefois, en chaque jour de fête,
L'égalité ranime l'artisan,
Puis il redit, fier de notre conquête,
Honneur, honneur aux soutiens de Vauban. *(bis)*.

QUATRIÈME COUPLET

Si contre nous une ligue ennemie,
Venait encore affronter nos remparts,
Vauban, bientôt, pour servir la patrie,
Reparaîtrait guidant nos étendards ;
Et de nos mains la foudre plébéïenne
S'échapperait comme un affreux volcan,
Mais non ! fuyez ! peuples que l'on enchaîne,
Honneur, honneur aux soutiens de Vauban. *(bis)*.

(1) La Barre, le faubourg de la Barre lez-Lille, les Moulins aujourd'hui Moulins-Lille, séparés de Wazemmes longtemps avant l'agrandissement de Lille.

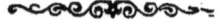

MÊME SUJET QUE CI—DEVANT

LES DÉFENSEURS DE VAUBAN

PREMIER COUPLET.

Entendez-vous une voix paternelle,
Qui de bien loin vient bénir ses enfants,
Oh ! je l'entends, c'est la voix immortelle,
D'un preux guerrier, ranimé par nos chants.
La renommée illustrant sa bannière,
Redit au nom de ces exploits vainqueurs,
Il est sorti de sa noble poussière,   *(bis)*.
Vauban paraît,Vauban paraît,vivent ses défenseurs.*(bis)*.

DEUXIÈME COUPLET.

Célébrons donc notre heureuse victoire,
Nos justes droits ne sont plus méconnus,
Un tel succès brillera dans l'histoire,
Vauban paraît sur ces nouveaux élus.
Que ce grand jour rappelle sa puissance,
La liberté vibre dans tous les cœurs,
Que sur nos fronts brille l'indépendance,   *(bis)*·
Vauban paraît,Vauban paraît,vivent ses défenseurs.*(bis)*.

TROISIÈME COUPLET.

Que de beaux jours, de chansons d'allégresse,
Vont succéder à nos vieux souvenirs,
Venez, amis, de notre heureuse ivresse,
Vous trouverez chez nous de gais loisirs.
Oh ! soyez fiers du nom qui vous appelle,
Lorsque la paix vous offre ses faveurs,
Il est si doux de chanter avec elle,   *(bis)*.
Vauban paraît, Vauban paraît, vivent ses défenseurs. *(bis)*.

QUATRIÈME COUPLET.

Pour que toujours chez nous la gaîté brille,
D'un cercle heureux resserrons les liens,
Ne formons plus qu'une seule famille,
L'égalité plaît aux bons citoyens.
Près de vieux murs dont la France s'honore,
Fermes soutiens, dignes libérateurs,
Soyons unis, et répétons encore,   *(bis)*.
Vauban paraît, Vauban paraît, vivent ses défenseurs. *(bis)*.

CHANSONNETTE

Air *du vieux ménétrier Thomas,* ou air à faire.

PREMIER COUPLET.

Inquiète sur son destin,
Détestant sa poupée,
Lison se disait en chemin,
Jean trouble ma pensée :
Souvent il me parle d'amour,
A quoi veut-il prétendre,
Aurais-je le bonheur un jour
De pouvoir le comprendre ?

DEUXIÈME COUPLET

L'amour, dit-on, gagne le cœur,
Lorsqu'il vient à paraître,
Oh ! pour admirer sa douceur,
Je voudrais le connaître :
Lorsque Jean me suit en tous lieux,
Pour venir me surprendre,
J'aime son regard gracieux,
Sans pouvoir le comprendre.

TROISIÈME COUPLET

Chère maman, dit-elle un soir,
Suis-je encore dans l'enfance,
Quand j'interroge mon miroir,
Je soupire et je pense.
Dis-moi, lorsque l'on a quinze ans,
Ce que l'on peut apprendre;
Dois-je rester encore longtemps,
Sans rien pouvoir comprendre ?

QUATRIÈME COUPLET.

Ma fille, l'amour ne doit pas,
T'inquiéter sans cesse,
Car, plus tard tu reconnaîtras,
Qu'il nuit à la jeunesse.
Oh ! non, maman ! moi je sais bien,
Que tu crains de m'entendre.
Mais ! Jean ne me cachera rien,
De ce qu'il faut apprendre.

VERS DÉDIÉS AU MEUNIER DU MOULIN-A-VENT

C'est-à-dire au Rédacteur du Journal *le Moulin-à-Vent*
publié autrefois à Wazemmes.

Notre aimable Meunier, flatté d'un doux espoir,
Content de son moulin, fidèle à son devoir,
Joint à d'heureux talents, une plume féconde,
Qu'il n'assujettit point aux grands de ce bas monde ;
A combattre l'erreur il travaille toujours,
Et jamais son moulin ne fait d'injustes tours.
Jugeant de sots abus, du plus haut de son gîte,
Il pourra désormais, ainsi que Démocrite,
Rire ironiquement des fastueux bouffons,
Des pédants qui voudraient s'égaler aux grands noms ;
Et s'armant à dessein de son fouet satyrique,
Il fera de grand cœur quelque leçon pratique,
En démasquant alors l'homme prétentieux,
Qui ne sait assouvir ses goûts ambitieux,
Le vil et dur avare, à l'œil timide et sombre,
Qui jamais au grand jour n'ose fixer son ombre,
Le maudit envieux, l'infâme détracteur,
Le perfide Tartufe, ainsi que l'imposteur.
Mais non ! vite au moulin, venez, âmes rebelles,
Et pour mieux vous soustraire aux dangers de ses ailes,

Nous prierons en amis le vertueux Meunier,
De conduire vos pas dans un meilleur sentier.
Il en est temps encore, chassez de vains scrupules,
Et l'orgueil qui nourrit vos doutes incrédules,
Imitez ce Titus qui, sans être chrétien,
Ne passait aucun jour sans faire quelque bien.
Alors, sûrs d'embellir votre courte existence,
Vous joindrez le bonheur à la douce espérance,
Que notre cher Meunier, content de son destin,
Fera toujours honneur à son libre moulin.

RÉPONSE A UN AMI

QUI ME FIT JUGE D'UNE PETITE PRODUCTION

Oui, vraiment, mon ami, ta verve poétique,
Ne semble pas devoir redouter la critique,
Tes vers ont de l'entrain, j'y trouve avec plaisir,
Que la rime est esclave, et ne fait qu'obéir.
Maintenant avec soin, le style humble et sublime,
Dans ta noble épopée, en l'honneur d'un intime,
Certes, tu fus fixé sur la valeur des mots,
Car il faut en poète en user à propos.
De toi fort satisfait, jugeant d'après la règle,
Je vis avec bonheur, que prompt en ton vol d'aigle,
Tu parvins au seul but, où tu visais d'abord,
Sans rencontrer d'écueil, en arrivant au port.

ÉPITRE A UN AMI

En tes nombreux loisirs, indifférent ami,
Regarde vers la Barre où je suis dans l'oubli ;
Viens donc ! et sache user de ta mâle éloquence,
Pour charmer quelque temps ma trop sombre existence.
Ne songes-tu donc pas ! que seul en ma maison,
Je m'ennuie à mourir et, par cette raison,
Mon cerveau pourrait bien battre un peu la campagne
Et me faire bâtir maints châteaux en Espagne.
Déjà, comme sortant d'un rêve triste et noir,
Je dis ! gredin d'ami, que ne viens-tu me voir !
Mais, mon esprit encore, bien à tort s'inquiète,
Car tu viendras bientôt agiter ma sonnette,
Et me dire : — « Hâtons-nous, le temps est précieux,
» Il faut en profiter, voici donc pour le mieux,
» D'abord ! promenons-nous, dirigeons-nous ensemble
» Vers la *Bonne-Friture* (*), où parfois on s'assemble
» Pour faire un bon repas d'appétissants poissons,
» Qu'on arrose gaîment de diverses façons. »

(*) La *Bonne-Friture*, estaminet où l'on mange du poisson.

4

FABLE

Un âne écervelé pris d'accès indociles,
Traitait tous ses voisins de sots et d'imbéciles;
Il ne respectait rien qui ne fût de son choix,
Et souvent les échos éveillés par sa voix
Firent dans son quartier redouter qu'une guerre
Fût l'effet du grand bruit, mais la drôle d'affaire,
C'était toujours Martin, égaré sans raison,
Qui, citant ses exploits, sa grandeur et son nom,
Donnait un libre cours à sa sotte rancune,
En blâmant en public les gens de sa commune.

Est-il besoin de dire aux lecteurs entendus,
Que Martin, c'est le nom de l'âne ci-dessus,
Oh! non, mais trop souvent dans le siècle où nous sommes
On voit de tels Martins se mettre au rang des hommes.

FABLE

LE COQ ET L'OISON

Un coq fort familier s'égayait doucement
Dans un lieu de plaisir et de délassement,
Lorsqu'il vit s'approcher un oison téméraire,
. Follement agité d'une injuste colère :
— Que me voulez-vous donc, dit le coq à l'oison,
De noirs transports ici troublent votre raison ;
Gardez-vous d'essayer une lutte inégale,
Qui deviendrait l'objet d'un ignoble scandale.
Si le défaut d'esprit fait agir en faquin,
Sachez vite en ces lieux prendre un meilleur chemin,

Ou sinon ! mais soudain, calmé par ce langage,
L'oison, moins belliqueux, fut plus calme et plus sage.

Ainsi que cet oison, homme mal inspiré,
Redevenez meilleur, et soyez assuré
Que toujours on doit fuir l'infâme calomnie,
La vanité, l'orgueil et la maudite envie,
Car l'honnête public sait juger à l'instant
Le jaloux, le hâbleur, le poltron, le méchant.

VERS ADRESSÉS A UN AMI

Non loin des bords heureux de la Deûle limpide
J'ai trouvé, grâce au ciel, un bon ami pour guide,
Sans, comme Diogène, une lanterne en main,
Devoir en plein midi me fatiguer en vain,
Cet ami que j'admire, en sa gaîté sincère,
En son savoir profond, en son beau caractère,
Cet ami de bon ton, c'est ce monsieur Meunier,
Que le public estime en mon vivant quartier.

INSCRIPTIONS FUNÉRAIRES

Faites pour les enfants de quelques amis.

Oui ! ma bonne Louise, oui ! ma fille adorée,
J'ai vu ta triste fin, ta mort prématurée,
En toi seule existait mon espoir, mon bonheur,
Le dernier de mes jours finira ma douleur.

———————

Trop malheureux instants,
Hélas ! bonne Marie,
Après quatre printemps
Si tu nous fus ravie,
Rien ne pourra jamais,
Songeant à ta jeunesse,
Adoucir nos regrets,
Calmer notre tristesse.

Passant respectueux, rapprochez-vous encore
De cet enfant chéri, ravi dès son aurore,
Sans doute, il vous contemple, et du plus haut des cieux
Sa voix d'ange répond à d'éternels adieux.

SONGE POÉTIQUE

Non loin de mon chevet, méditant un beau soir,
Le sommeil me surprit, mais contre son vouloir,
Sur le dos de Pégase en songe poétique,
Joyeux je m'élançai, lorsqu'une voix classique,
S'éleva tout à coup et, d'un ton peu flatteur,
Me dit : — « Écoute encor ton vieil instituteur (*).
» De quelle autorité franchis-tu l'Hippocrène,
» Profane, de ces lieux, sors et calme ta veine,
» Utilisant la poix, le tranchet, les ciseaux,
» Tourmenté par le bruit d'étourdissants marteaux,
» Sache bien, imprudent, que la rime rebelle
» Ne résida jamais chez qui bat la semelle,
» Et qu'il n'est point d'exemple où nos savants bottiers,
» Aux abords du Parnasse, ont pris d'heureux sentiers.

(*) NOTE DE L'AUTEUR. — Celui que je qualifie ci-dessus d'instituteur, n'était point de force à l'être et ne l'a jamais été que pour moi au temps de mon enfance. C'est pour répondre à une mauvaise critique de sa part que plus tard je me suis ingéré l'idée d'un songe poétique.

Jugeant fort à propos cette coïncidence,
Puis ma voix s'échappant dans l'ombre et le silence,
J'établis sans dédain un colloque railleur,
En attaquant de front mon interlocuteur,
Qui sans doute inspiré par son mauvais génie,
Ne sut point contenir une jalouse envie.

Rimailleur vaniteux, ai-je alors répondu,
A quoi bon vous targuer d'un savoir étendu,
Si l'exemple prévient contre un penchant bizarre,
Songez au grand malheur de l'imprudent Icare,
Au sort du beau Narcisse, à la bavarde Écho,
Au bonheur de jouir d'un entier *statu quo*.
Pourquoi suivre au hasard de lugubres lumières,
Nos poétiques lieux ont certes leurs ornières,
Et là, qui veut franchir sans le fil conducteur,
Reconnaît à la fois ses torts et son erreur.

Ainsi d'un faible crû, vos vers non sans reproche,
Devront rester captifs au fond de votre poche,
Sur les feuillets jaunis d'un semblant de cahier,
Où vos œuvres sans nom dorment sur le papier.

Le satyrique fouet, très-rigoureux encore,
N'ira point au néant frapper ce qu'il ignore,

Sachez donc éviter son rigide courroux,
Et contre un écolier ne soyez plus jaloux,
Mais non ! toujours flottant, sans talent et sans guide,
En vos moindres discours l'absurdité réside ;
Surtout n'admettant pas que l'aimable Apollon
Ait permis aux bottiers de franchir l'Hélicon,
Alors plus agité d'orgueil et de colère,
Il disparut soudain, comme une ombre légère,
Et je n'ai plus revu ce grand littérateur,
Cet homme intéressant, mon vieil instituteur.

VERS INSPIRÉS

par l'espoir de la séparation du faubourg de la Barre d'avec
Wazemmes, alors que cette commune n'était
pas encore réunie à Lille.

L'impatiente aurore à la voûte éthérée
Présageait d'un beau jour la brillante durée,
Quand soudain, par la voix des habitants joyeux,
La Barre a retenti d'un chant victorieux,
Fier de notre succès, aise de rendre hommage
Aux généreux auteurs d'un suprême avantage,
Je n'ai point redouté, désertant l'Hélicon,
De franchir le Parnasse au bruit de leur renom ;
D'autant mieux inspiré que de mon libre arbitre,
Je m'abritai près d'eux, à l'ombre d'un haut titre ;
Et là pour mieux décrire un rigoureux passé,
Mon fidèle crayon ne s'est point émoussé ;
Il rendit à mes sens une flamme nouvelle,
L'élan triomphateur qui toujours me rappelle
Un exemple connu, donné par le roseau,
Lorsque le chêne altier tomba comme un rameau:
En vain la sombre envie exploitant le vulgaire,
Répandrait à dessein son fiel atrabilaire,
Des faibles quolibets que la haine produit,

La raison tôt ou tard sait triompher sans bruit.
Car l'humble vérité n'admet point l'artifice,
Rigide en sa vertu, maîtrisant la justice,
Elle fait à son gré découvrir les abus,
En rendant à chacun les droits qui lui sont dus.
A sa voix qui protège, à sa volonté sainte,
Je me soumets, j'admire, et je me dis sans crainte,
Qu'il n'est de vrai bonheur et de félicité
Qu'avec l'indépendance unie à l'équité.

Jeune, et toujours guidé par la douce espérance,
D'un meilleur avenir, préconçu par l'urgence,
Je subissais le sort de maints adolescents,
Qui pour de saints devoirs parcoururent longtemps
Sur des chemins bordés de canaux, de rivières,
De pavés inégaux, de profondes ornières,
Même en l'âpre saison, quand de lointains climats
L'hiver trop rigoureux amenant les frimats,
Fait mugir l'aquilon terrible, impitoyable ;
Lorsque du nord chassé, son souffle redoutable
Augmente la fureur des ouragans fougueux,
Et le froid pénétrant des flocons nébuleux.

Bien qu'éprouvant alors un bonheur illusoire,
Le temps n'effaça point du fond de ma mémoire,
Qu'étant couvert de givre, en proie aux noirs soucis,
Le moral abattu, les membres engourdis,
Je priai, j'invoquai la divine puissance,
Afin qu'elle daignât protéger mon enfance.

Mécontent de n'avoir qu'un espoir incertain,
Que de fois en secret je redis sans dédain :
Wazemmes, trop longtemps, tu sus régir en maître
Tes frères vertueux que la Barre vit naître,
Cédant avec bonté, sous un joug onéreux,
Devinrent-ils l'objet de tes soins généreux ?
Oh non ! car sans jouir de ton centre prospère,
La Barre fut toujours un humble tributaire.

Mais retrouvant enfin de ces jours florissants
Dont s'honoraient jadis nos aïeux méritants,
L'admirable Vauban, sorti de sa poussière,
A levé son front libre et sa noble bannière,
Sa présence en nos lieux rappelle d'autres fois,
Et son profond génie, et ses nombreux exploits;
Ainsi qu'un astre aux cieux dans sa blanche auréole,
Oui, l'immortel Vauban est un heureux symbole,
Représentant l'honneur, la juste égalité,
La paix, l'indépendance et la fraternité.

BOMBARDEMENT DE LILLE

En 1792

Forts d'un pacte odieux, d'ignobles ennemis,
Armés pour envahir notre honoré pays,
S'avançaient guerroyant, causant sur leur passage
La dévastation, le meurtre et le pillage;
Soudain l'écho troublé par le bruit des combats,
Ne redit dans les cieux que d'horribles fracas,
Et la mort à son gré guidant sa faux tranchante,
Couvrit de corps humains la frontière sanglante,
Quand fier d'affreux succès, l'étranger enhardi,
Non loin de nos remparts, plein d'audace a surgi.
Rien qu'au seul nom d'Albert le cœur encore s'irrite,
Et bien loin d'oublier son infâme conduite,
Il rappelle à sa honte un message odieux
Que d'Aspe ôsa porter à nos braves aïeux.

Rendez-vous, disait-il, ma volonté sincère
Daigne vous préserver du fléau de la guerre,
Mais pour votre salut, hâtez-vous d'accéder
A des conditions qu'il m'a plu d'imposer,
Ou vous allez subir, usant d'un vain courage,
Un siége et les horreurs d'un terrible pillage.
« Se rendre ! oh non, dit-il, le magnanime André,
» Nul de nous n'est parjure, agis, fais à ton gré,
» Notre âme noble et fière, en telle circonstance,
» Sera toujours fidèle au drapeau de la France. »

Indigné d'un refus, Albert dur et cruel,
D'un signal inhumain illumina le ciel ;
Et donnant libre cours à sa noire furie,
Il jeta dans nos murs la mort et l'incendie ;
Mais pour tant mieux braver des périls incessants,
Lille à son peu de troupe unit ses combattants.
Puis on vit en ce jour plein d'une ardeur nouvelle,
Nos dignes canonniers s'élançant avec zèle,
Affronter le trépas, briller de toutes parts,
Défendant en vainqueurs leurs antiques remparts.
Cependant l'incendie en progrès trop rapides,
Fit monter vers les cieux de rouges pyramides,
Et suivant le fracas d'un désastre odieux,
Une épaisse fumée impénétrable aux yeux,

Cachait maints citoyens meurtris sur tous les membres,
Alors tombés mourants sous de brûlants décombres.

Quelle qu'en fût la tristesse, au nom de la cité,
Sortait de tous les cœurs le cri de liberté ;
Et bravant sans effroi de nombreux projectiles,
On vit jusqu'aux gamins, pour des plaisirs futiles,
Aux boulets ennemis, rassemblés pour leur jeu,
Ajouter une bombe, en y tranchant le feu.
De plus on vit encore, à son état fidèle,
En public un barbier fier de sa clientèle,
Employer à propos, comme plat à savon,
Le débris d'un obus, pour honorer son nom.

N'ayant que trop subi des rigueurs déloyales,
Et le bruit du canon, cessant par intervalles,
On eut à pressentir qu'Albert découragé,
Trop heureux d'un départ, en secret préparé,
S'éloignait nuitamment protégé dans sa fuite,
Par d'infâmes suppôts dont il formait sa suite.

Il en était ainsi, vers nos glacis sanglants,
Des morts abandonnés, et de nombreux mourants,
Étendus sur le sol, gisant dans quelque ornière,
Le corps couvert de sang, de boue et de poussière,

S'offrirent aux regards des bourgeois accourus,
Au milieu des débris de caissons et d'affûts.

Pour célébrer alors ce triomphe et la gloire,
Chacun redit en chœur l'hymne de la victoire
Et tout fiers de jouir d'un plus heureux destin,
Par des chants, nos Lillois, dans plus d'un gai festin,
Rappelèrent d'Albert la honteuse retraite,
En ébruitant l'écho des plaisirs de leur fête.
Ravi d'une cité qu'honora tant d'exploits,
Le pays tout entier usant de justes droits,
Rendit un digne hommage au courage héroïque
De nos francs défenseurs, dont la valeur civique,
Rappellera toujours, à la postérité,
Le renom glorieux que Lille a mérité.

LE BALAYAGE

A LILLE

Maudissant l'inventeur du nouveau balayage,
Ainsi que l'arrêté formé pour son usage,
Nos courageux Lillois vont dans un court délai
Manier avec art la pelle et le balai.

Oui, vraiment, il faudra que dans une heure indue,
Ils sachent se lever pour balayer la rue,
Ou tirer assez tôt le magique cordon
Pour sonner le réveil aux gens de leur maison;
Sans oublier dès-lors d'observer à l'ouvrage,
Les bonnes balayant, s'occupant d'un passage,
Qui leur procurera le plaisir très-heureux,
De plaire et posséder de galants amoureux.

Surveillez donc, patrons, ce rigoureux service,
Ou sinon paraîtra l'agent de la police,
Notant sur son calepin pour de faibles oublis
Des contraventions et voici mon avis :
C'est qu'il faudra toujours en dernière ressource,
Délier les cordons qui serrent votre bourse,
Et payer sans mot dire et sans être certain,
De n'être pas encor repris le lendemain.
Mais non ! calmes Lillois, l'heure du balayage
Bientôt sera changée et vous serez, je gage,
Partisans dévoués de ce mode nouveau,
Vous-même déblayant la rue et le ruisseau ;
Ce travail est peut-être une épreuve un peu rude,
Mais il faut se hâter d'en prendre l'habitude,
Si l'on veut obtenir la brillante faveur
De pouvoir concourir pour un balai d'honneur.

Lille, Imp. Six-Horemans.

TABLE DES MATIÈRES

Lille, Imp. Six-Horemans.